水汪汪的晚霞。

張默 著

序

張默，水汪汪的晚霞水汪汪的晨曦

蕭蕭

八十五歲的張默先生（一九三一—）要出版他的最新詩集，包括新世紀之初他所寫的〈無為詩帖〉（二〇〇〇），其後的〈時間水沫小札〉（二〇〇六）、〈為建築揮毫〉（二〇〇八），以至於二〇一四年的創作，十五年合計八十七首作品，命名為《水汪汪的晚霞》。他戲稱這可能是今生最末一本詩集，但看看他這兩年的產出，誰敢說，未來的某一年，張默不會鑽出另一個藝術成品？

一、水汪汪與氣霍霍

這兩年，張默以毛筆抄謄一九五〇—二〇一三詩人代表作的〈台灣現代詩長卷」（長十公尺、高四十五公分）十卷送交國家圖書館珍藏，另有長三公尺、高四十五公分的台灣新詩卷軸兩百卷送存《文訊》雜誌社，所抄謄之作是他主編設計的《新詩三百首》（九歌版）篇數的兩倍多，工程浩大，耗時費力，有如愚公移山，張默雖跟愚公一樣年近九十，但上帝沒有賜給他大力神夸娥氏二子協助，張默獨立完成了，令詩壇驚嘆，後來這些作品由九歌出版社集結成書，成為台灣首部新詩手抄書：《台灣現代詩手抄本》（一九五〇—二〇一三），概分「創世紀同仁卷」（從洛夫到楊寒六十一家）、「創世紀摯友卷」（從覃子豪到陳允元七十六家）、「年度詩選編委卷」（從蕭蕭到白靈十家）、「現代女詩人卷」（從陳秀喜到林禹瑄三十九家），繕寫四代詩人一百八十六家，六百三十餘首詩作。墨黑的勒、努、掠、磔筆法與磚紅的閒章，正應了台灣俗話「紅美，黑大器」，相間有序，為台灣新詩添了錦、上了繡。

相對於此，明道大學為他出版的《生命意象霍霍湧動——八十四歲的張默．六十歲的創世紀》（二〇一四）詩畫聯展的經摺本，就顯得簡而微了！不過，卻又呈現張默水墨另一種「精而美」的戲耍趣味。

這種戲耍趣味，還要欣賞《戲仿現代名詩百帖》（九歌，二〇一四）這本書，這是張默近兩年另一個別出心裁的新點子創作，戲仿或稱諧擬（parody），在張默之前就有孟樊（陳俊榮，一九五九—）出版《戲擬詩》（秀威資訊，二〇〇一），孟樊認為：戲仿的原意是「在旁邊唱的歌」（a song sung beside），亦即對一首嚴肅的詩所做的滑稽式的模仿（《聯合報副刊》，二〇一四年十二月六日）。戲仿，雖然說亞里斯多德的《詩學》中即已提及，但要到後現代主義興盛期加強「戲」與「諧」的部分才成為大家仿擬的顯學，以一個歸屬於超現實主義的前世代詩人，張默竟也粉墨登場，不僅在旁邊唱歌，更以這種戲仿諧擬進入「主場」，這不正是一種聲氣霍霍的生命意象？

二〇一〇年張默初登八十，我們即以「生命意象的霍霍湧動」為主軸，為張默先生舉辦學術研討會，這霍霍之氣暨顯現為他詩中的聲律，更是他生命活力旺盛的徵象，虎虎可以生風，霍霍必然成勢，張默其人其詩，再沒有更恰適的詞語可以形容了？

所以，這次晚年之作《水汪汪的晚霞》，雖以晚霞為名，卻非暮色、黃昏之黯沉。不僅霞光萬丈可期，更多了水汪汪的潤澤，彷彿朝陽、晨曦那種可吹可彈的韌力，Q彈有勁！

二、無為的翅膀與無為的詩

《水汪汪的晚霞》最頭前的一輯是〈無為的翅膀〉，是這冊詩集寫作最早的作品，原名〈無為詩帖〉，完成於二〇〇〇年。張默是安徽無為人，整輯作品是鄉人、鄉物、鄉事的追懷與感思，張默的原意或許在表達自己從家鄉無為振翅起飛，但在讀者的欣賞裡，無為的翅膀可能是「自在飛翔」的隱喻，這種誤讀無損於對張默作品的體認，甚至於因為這種誤讀而更能放開胸懷，隨著張默無來由的旋律、不規矩的句法、隨興的振幅而滑而翔。無為，張默的出生地，竟然也是張默「詩」的出生地。

試看這些詩題：

天窗，莊周的蛺蝶
簑衣，腳趾讀著
磨墨，步履遲遲
水車，一格格春天

　　土地廟，矮矮的燈海

那一句不是橫空而來？

好像詩人不曾施加任何作為，一蹦就蹦了出來。

仿照他的《戲仿現代名詩百帖》，我這篇推薦文的題目就定為：〈張默，水汪汪的晚霞水汪汪的晨曦〉，不就是從首輯作品的詩題得到靈感，在詼諧有趣之中，點出了張默晚景之作卻又充滿朝陽的活力？不過，〈張默，水汪汪的晚霞水汪汪的晨曦〉，看似隨手捻來的無為之作，在我，原是有意、有為的，這樣的文題是「暗喻」的句型，我要說的是「張默（作品）是水汪汪的晚霞，卻也是水汪汪的晨曦」，兩層相對的暗喻，矛盾的存在，可能直指張默詩的直白內涵。若是，張默的詩題真是無為而為嗎？

這冊詩集的末輯輯名是〈詩・發芽變奏〉，試看這些詩題：

　　詩・張開海藻般柔柔的翅膀

　　詩・喋喋不休的獨步

詩．別癡心玄想，拐杖會扛起你
詩．發芽與變奏同遊
詩．重量以及騷味

他們採取與首輯相同的造型，卻是以詩說詩，整整一輯是張默詩觀的總集合，無來由的集合。

所以，這部詩集的首末二輯，以相同句型的詩題，作著首尾的呼應，張默有意還是無意地暗示著我們：無為地從自己的故鄉振翅起飛吧！要降就降落在毫無心機、不必作為的詩的草原。或者，草原之外。

是耶？非耶？無為的翅膀、無為的詩，為而無為的張默。

三、為建築揮毫也為時間定錨

《水汪汪的晚霞》其他各輯的詩作，可以用輯六〈時間水沫小札〉的編輯方式加以解析。輯六暨以水沫小札為名，詩作都在三行、五行之數，約略是詩壇習稱的小詩。張默曾出版《張默小詩帖》，編輯小詩選，揭示他對小詩的立場：「一首小詩，是一個玲瓏剔透的宇宙；一首小詩，是一片茂林修竹的風景；一首小詩，是一幅氣韻生動的素描；一首小詩，是一抹隱隱約約的水聲。」因此，《水汪汪的晚霞》也以小詩篇章居多。

〈時間水沫小札〉分寫二題，一是為建築揮毫，共十一帖，每帖五行，詩後附記：二〇〇八年六月九日，《中國時報》曾刊出一系列全版房屋圖樣，係海內外建築名家設計，令人動容，故以詩誌之。換句話說，這十一帖作品是為建築設計圖而寫，眼中有實物，心中起漣漪，將眼前的實景實物幻化為濃密多雲的情意，如〈水墨狂草——題台灣劉育東建築設計圖〉：

一種稀有的火焰
一種帥氣的一撇
一種典雅的韻味
一種彎曲的上升
它，悄悄刀削一方方，不言不語的泥土

相同的句型，竟有不同面向的發展；四個相似的句子之後，突然升起一句愕然的相異刀削句；是水墨單純的黑白，卻見無可捉摸的狂草亂舞。不離於張，也不棄於默，既默且張，已張卻默。張默的詩，詭異的組合，矛盾的和諧，歡喜偶遇，隨處可見。

這種為實景實物而寫的詩，如輯三〈阿里山獨白〉，為具象的和南寺、溪頭、太魯閣、阿里山、九曲溪、草千里、泰姬瑪哈陵，創作嘩啦啦的詩句。又如輯四〈群山不翼而飛〉，是為石濤的水墨小品、楊柏林的銅雕、徐瑞的畫作、楚戈的繩結、程逸仁的陶藝、阿爾普的雕塑而寫，要我們從往昔跌落的歲月輕巧撿拾初生時稚嫩的側影（張默〈打哈欠的貝殼〉詩句）。

〈時間水沫小札〉輯中的另一題，就是從八十六首挑揀出二十首的〈時間水沫小札〉，全是三行小詩，為抽象的「時間」造像、定錨。多少年後，說到「時間」，說不定我們就會歌詠出張默的詩句：「一輛，滿載時間的手推車／靜靜在落葉繽紛的大地，播種／莫非，那是鄭板橋酒後最得意的狂草」。——同時我們也會發現：狂草，出現在〈水墨狂草——題台灣劉育東建築設計圖〉的實景閱覽，也出現在〈時間水沫小札〉的抽象書寫；狂草，竟然在張默的詩中出入於

「虛實」之間，「動靜」自如，蔚為張默得意的藝術；狂草的野放，或許是張默心中猛烈衝撞的那頭藝術，即使八十五歲，仍然在尋找生命的原野，開朗闊大，橫無際涯。

這種「狂草」似的作品，包括微型的輯三〈夢想的立方〉、常態的輯五〈為月光打鼓〉。

輯三〈夢想的立方〉，類近於水墨小品，是將人類的夢「立體化」，如：

它的面貌似誰
為何常常躲在我的腦海
遠眺以及潑墨

哦！夢著火了
它，燒掉了我半截
詩的翅膀

擷取心靈的一點悸動，輕輕點化，著墨不須多，而境界全出。

輯五〈為月光打鼓〉，則是蒼蒼白髮的張默，兀自獨坐時自我的冥想、探索與觸摸，試讀〈不堪堅持的赤裸〉這樣開始：「不熟悉黑暗走路的姿勢／卻逕自大張旗鼓的跳躍／不體現漢字爬行的速度／卻喜臨摹張瑞圖的狂草」，這一輯詩或者說張默這一生的詩，彷彿就從這裡開始他狂草般的衝刺。所以，放棄理路、規矩和藩籬，才能進入張默的詩中，甚至於不要顧忌張默臨老小小的警惕：

請千萬千萬不要再撫觸
我那滿罈搖不動的，難以詮釋的，悠悠千載之惆悵

二〇一五年立春後，寫於明道大學

目錄

輯二 夢想的立方

輯三 阿里山獨白

輯四　群山不翼而飛

輯五　為月光打鼓

輯六　時間水沫小札

輯七　詩・發芽變奏

附錄　贈詩及評文

輯一

無為的翅膀

天窗，莊周的蛺蝶

它，一直在堂屋的頭頂，傾斜著
任遠遠近近的雲彩，勾肩搭背的走來
驚見，莊周的蛺蝶
細數，老聃的無為
不管是秋是夏
它，岑寂如雪的臥姿
總是不斷在某些線裝書的更漏裡，彎曲
極喜在微曦中，擁名帖而歌
懷素的狂草，自四壁間悠悠踱步

莫非怕大塊小塊的墨點如浮水印
把一己小小的方寸，無情的染織
從黎明到子夜
不過隨意打幾次噴嚏
世界剛剛入睡，我則裸體，開始一天浪漫的神遊

老屋，蛙聲四溢

我，定定蹲在孫家灣老屋天井的中央
眺望江南柳絲如夢的三月
是否該為自己無端的躊躇，加件春裝呢

東邊紅牆上的八駿圖
依舊虎虎想飛
一隻缺嘴的酒罈，橫臥地窖一角
殷殷等待主人的叫喊
右廂房左側一具冷冷油亮的棺槨
讓我幼小的身軀，從容自在

上上下下的撫摸
這時客廳內側，突然傳來一陣急驟的咳嗽
小娃兒，還不快快去給老爺爺的水煙袋點火啦

唔！日已三竿
我，輕輕跳進蛙聲四溢的小池塘，載浮載沉幾回吧

簑衣，腳趾讀著

第一次穿上它，戴著斗笠
我在銅鏡中驚見自己
活像一尊昂揚威武的守門神
怯怯地，我在田埂上來回輕緩的走著
狂烈的雨點
像瀑布
嘩嘩地，在我的身上四處流竄

我用，眼睛，頂著
我用，腦殼，飲著

我用，手掌，想著
我用，腳趾，讀著
那一段徜徉田野素樸如畫的日子
令我幼小的心扉，全然桃花般開放
想起六十年前的簑衣，現在還掛在老屋的牆上吧

獨輪車，汗水淋漓

俺，不想
俺，不敢
狠狠一頭栽進
前方
深不可測
的
雲霧裡

在故鄉凹凸不平的山路上
它，每天

31. 獨輪車，汗水淋漓

南來北往
忙於錄製
一齣齣
汗水淋漓的
抽・象・畫

磨墨，步履遲遲

好個冷寂的冬天
一具大硯台，蹲在胡桃木書桌上，嬉笑著
每天輪番，由咱們小心翼翼的侍候
以上等徽墨在它的圓周，齜牙裂嘴的奔馳

一磨，半畝方塘一鑑開
再磨，天光雲影共徘徊
三磨，問渠那得清如許
多磨，為有源頭活水來
咱們悠然，把朱老夫子幾部家喻戶曉的經典

一頁頁揉得落英繽紛，酒香十里

磨，磨，磨
墨磨人，人磨紙，紙磨墨，墨磨月
如此，步履遲遲
我的牧牛拾糞的童年，就這樣三三兩兩的走失

水車，一格格春天

或許，因為慣常潺潺不息的川流
而忘卻
魚
永遠忘憂徜徉於江河
稻穗，搖頭晃腦
淹沒，一覽無餘青青的阡陌
而一群老的，少的
打赤膊，汗流浹背的莊稼漢

他們

身手十分俐落的
在水花四濺的斜坡上
一格格，一格格
把春天，推向
推，向，老祖母倚閭而望盈盈欲滴的眼眸

稻草人，吱吱喳喳

我說：好歹你也是一株獨立擎天的男子漢啦

終日，在一望無際的阡陌，守著
守著，風
守著，雨
守著，日
守著，月
守著，橫眉豎眼的老鷹
守著，吱吱喳喳的麻雀
守著，五月的麥穗，如少女乳房之突起

守著，纍纍的包穀，如仲夏群蟬之高歌
守著，
守著，
守著，
一幅鄉野陶陶然的原始風景卷，豁達誕生

插秧，彎彎的兒歌

一行青鳥，並排直上西北角藍湛湛的天空

江南水鄉，四月天
整個田疇簇擁著萬頭鑽動的風采
大夥兒
哈腰
手執嫩嫩的秧苗
插，插，插，插，插，插
從左向右，一點一撇，蟹形的書寫
挑著，泥

捧著，水
一疊疊花花翠翠的翅膀
自胯下，有節奏一拐一拐的竄出
於是，眾聲齊作——
落在牛背上的燕子，遐想怎樣把黃昏的倒影搬回家

魚鷹，打撈河水

兀立船首，神情傲岸
想，拚命，打撈一天的新生活
河水，自由自得的東流
俺，祇是一慣目不轉睛的，盯著
盯著，舷邊陣陣游魚的嬉逐
看你們還能逍遙到幾時
儘管你何等機靈，善泳
但，絕對，逃不出俺溫柔闊大的尖嘴

一把啣住你，光溜溜的身子

輕輕，連頭帶尾，往舢板上一扔
主人也會適時拋來一朵讚嘆的微笑
嗨！今晚
俺要獨自在柴房，好好暢飲一番
其他的事，等天亮再說

土地廟，矮矮的燈海

在柳條輕拂的小丘上
一尊矮矮的
香火似乎並不鼎盛的
土地廟
誰也說不清
它，究竟在這裡，吟風弄月了多久

鄉里的孩童們
確是這裡不可或缺的常客
捏捏泥巴，吹吹香火，滾滾鐵環

43．土地廟，矮矮的燈海

迎著一對笑嘻嘻的老公婆
誰也狠不下心去怠慢它
唯獨仲夏的流螢，常常故佈陣式
每晚，每晚，窩在它的身邊
織成一片小小閃爍的　燈海

背簍，紅白蓮花

你，經常被閒置在柴房的一隅
冷眼，看村外的胡言亂語
　看老爺爺佝僂的背影
　看牛群在爛泥地裡狂奔
　看雄雞日出前哇哇大叫
　看紅白蓮花，偷偷彩繪六月的水塘
　看一堆孩子從私塾館傳來的吵鬧聲
　看一隻光滑滑的水瓢，怎樣
　在老奶奶的手裡，玩得天旋地轉
　看舊山一帶的炊煙

似有若無，如石濤未完成的潑墨

你，經常被套在漁人黝黑的背上
不講道理的，搖著晃著
但，從未聽見你，說過半句抱怨的話

擺渡船，竹篙的心事

是在等行人未及時停止呼吸的腳印嗎
兩岸，燈火
時明，時滅
把渡口的窄門，拱托得更壅塞了

天色與櫓聲，接吻
竹篙與哈欠，接吻
水草與鏟子，接吻
葫蘆，雛雞與犁耙，接吻

不過是相距十來丈的小河，罷了
每天從微曦到落日
行走同樣的路線
拍打同樣的水漩
誰能識透那個擺渡人的心事
請問請問，緊靠右舷的魚鷹，你知不知道

窗，無為的翅膀

恍惚中，依稀進入朔風殘照的暮年
經常想著，細數著，老家的窗
那些窗，還在原地無端孤寂的踏步

不，在天井裡，它與簷滴對望
不，在炊煙中，它與牧笛對望
不，在池塘畔，它與水牛對望
不，在阡陌間，它與麻雀對望
不，在書齋側，它與老聃對望
不，在柳梢頭，它與范寬對望

從那一格格如夢似幻的影像
猶之一落落橫七豎八的草堆
把我的回憶之網，一縷縷的掀開
那是白鷺鷥在田埂上慢悠悠的來回踱步
那是老魚鷹在船舷偷窺撐槳主人的臉色
那是打穀機在飛揚的作業中真摯的呼吸
那是土牆上一團團牛糞和泥等著被風乾

這一幕幕近似拉洋片古稀農村的風采
深深鼓舞著某些難以澆熄的夢寐
或許它不僅僅是
一具具長、方、圓形各式各樣的窗
所能彩繪得了的

嗨！窗，好一排壯麗而又靈動的

無為大壁畫
莫非，它是一隻無所不在的孤鶩嗎
自我心的斗室，坦然閃爍無私的躍出

附記：我的老家安徽無為，是一個江南風的魚米之鄉，在那小河彎彎，草堆處處，桃柳夾岸的農村，我度過十多個不知天高地遠的童年，迄今已五十八載未曾在它的懷裡打滾了。

今年六月十六日，咱們三兄弟，由姪兒林山駕車，從南京經蕪湖，直奔無為的孫家灣，約四個小時車程，與表弟孫太明全家歡聚。老屋已改建為三層小洋房，中間放置一台打穀的風車，還是兒時的模樣，廣場不見了，當年的小池塘仍在，似乎比往昔更清澈……

〈無為詩帖〉成於二〇〇〇年十一月，先於《聯合副刊》二〇〇一年八月六日刊出五首，二〇〇二年八月《聯合文學》月刊繼刊四首，二〇〇三年四月，香港，《詩網路》刊出末三首，特此說明。

二〇〇一年七月十五日初記
二〇〇五年一月二十八日再記

輯二

夢想的立方

燦然二行小集

無題一

我把右腳，直挺挺的插入鍾嶸的詩品
寂寞竟悶不吭聲，引壁燈高歌

無題二

一幅畫，非得要在山水之間呼吸嗎
那麼，石濤八大，何需石破天驚的狂舞

無題三

雲，總是輕輕，拎著青山漫步
牛，卻抱著犁耙，一寸寸與稻穗私語

無題四

黃昏，俺盯著窗外一排排高大的榕樹
眾鳥一字排開，欣然摟著落日的餘暉取暖

無題五

滿屋香煙，在我的殘卷上仔細考證
而歲月，卻逕自翹著二郎腿，去夢周公

防波堤

一堆堆嶙峋的怪石
胡亂排列
把海岸線隨意扭曲
蜿蜒成，一句句
童心勃勃的巨龍

嘆息

風，或許在枝頭
或許在水邊
白千層一晃動
一隻蜜蜂，盯上了它
卜通卜通，跳幾下

白色

為什麼
偏偏，它一定是白茫茫的
不論我想給它
加添一些抖不掉的顏彩

它那蓋不住的頂
總是陽光燦爛

夢的立方

它的面貌似誰
為何常常躲在我的腦海
遠眺以及潑墨

哦！夢著火了
它，燒掉了我半截
詩的翅膀

題某幅水墨畫

山，不在我的眼裡
水，不在我的腳下
雲雲霧霧，好幾攤田野的倒影
它們三三兩兩
想偷偷對我說：
你還是把筆，統統扔掉吧！

大清早七行

晨起，開窗
蔚藍如洗的天空，懶懶擁我入懷
請看，眾鳥啾啁
一排白千層
每一拆都疏疏朗朗
掛滿了
莊子點化人間的絕句

獨白，獨白

握著大地的羊毫
磨著擎天的徽墨
攤開宇宙的宣紙
我，直挺挺的站在內湖小小的屋頂
嘩啦啦的書寫著
三行米粒的小楷：
八十一歲老叟
正在構築一座
無塵無慮的家

偶感

石頭舞者，凝視青苔
感覺被秋天割裂
捧著歲月的跫音
楓葉睜開雙眼
緩緩飛翔

水汪汪的晚霞

一隻鷺鷥
巍巍的
停佇在
長長羊毫的尖端
牠以單腳，輕輕搆起
天邊
水汪汪的晚霞

俄頃，我的一帖
靈動的小詩，賴著

好薄好薄一丁點的幽僻，不走了

二〇一一年十一月二十九日內湖

破曉

霧的手和風
水邊的野草花
遠山有些疲倦
如昨夜未眠的貓
還在夢中，找枕頭

光是液體

讓魚群在眼裡，踱步
讓楓葉與淚水，開花
讓徽墨與宣紙，共枕
讓莊周與夢想，拔河

人世間或許有一定的律則
光是不說話的液體
任人吮著，捧著
迤迤邐邐，頻呼：「號外，號外」

大小由之

朗朗青天
在我的硯台上，假寐

森森眾樹
在我的殘卷上，獨步

懨懨遠古
在我的筆尖上，垂釣

滾滾黃河

在我的眼睫上，打鼓

二〇一三年一月二日於內湖

輯三

阿里山獨白

落葉，觀音

——獻給「和南寺」

觀音，靜靜的
蹲在鹽寮村小小的山坡上
雙目平視
自她老人家齜牙裂嘴開花的腳下
一片滔滔不絕，詩情萬縷的太平洋

你猜，怎麼著
不論是紅通通日出的剎那
不論是急雨敲窗的深夜

不論是綠茵如浪撲鼻香
不論是繁星垂釣著眾生

觀音，總是不動不搖，不寐不語
她被簇擁在一層又一層
生生不息浩瀚如詩的落葉裡
每天，微笑著，思量著，鼓盪著
她隨口出了一道試題：
人生，無非是一籮筐
取之不盡用之不竭的「地糧」

二〇〇四年七月十一日晨初稿於花蓮

木屑步道

——四訪溪頭拾零

踩在它軟軟的胴體上
吾的四肢隨著凹凸交錯的步履
不得不輕快的飛揚
一步一回首
映帶左右，高高挺直的杉木群
譁然，被吾的透亮清脆的視矚
切割得更加濃淡有趣了

哎喲嗨！哎喲嗨！

吾踢著，揉著，那一簇簇散亂的木屑
任它不停的在吾的方寸之地飄泊
一會兒，碧水風荷的華爾滋
一會兒，驚濤拍岸的吉魯巴
而在一片蕭蕭孟宗的襯托下
失蹤多年的竹廬，豁然鶴立在吾的額前

二〇〇四年一月三日內湖之晨

太魯閣浮雕

天空，矗立在我的胯下
雲彩，逍遙在我的左肩
澗水，梳理著我的蒼髮
而一縷縷
異常挺拔高聳彎曲的岩壁
卻把我和大地疲憊的腳印
輕輕，擄走了

唉唉！造化
你為何如此大膽

還在一旁
悠然自得的
彈琴

二〇〇三年十二月十六日內湖

阿里山獨白

守著，浩瀚的青空
守著，滿眼的蒼翠
守著，風流的沃野
守著，芬芳的四季

哦哦！不分東西南北人
俺，俱以最豪放悲慨的
雙臂，高舉你

二〇一二年四月十六日於內湖

附記：本詩曾以毛筆書寫，現已勒刻於阿里山「沼平公園」之詩路上。計有林亨泰、余光中、鄭愁予、張默、向明、李魁賢、隱地、席慕蓉、蕭蕭、林煥彰、渡也、白靈、路寒袖、高一生十四家的詩碑，深情歌詠阿里山，確確見證高海拔二二七四公尺一片料峭不凡的風景。本詩路已於二〇一三年三月十五日正式開幕。

九曲溪泛舟異想

一

吾，直挺挺躺在輕飄飄的竹筏上
頂著，群峰中漏下的藍天碎片
吾要把這兒晶瑩的麗水
一縷縷，一疋疋，一格格
塞進吾巨大無匹的心溝裡

二

管它什麼峰，管它某些令人尖叫的名字
管它不問青紅皂白，狠狠攔腰切過來
或者劈頭以千噸的重量
淺淺壓著吾的視矚，無法呼吸
一隻羊，十隻羊，百隻羊，從吾髮茨間，游過

三

哎喲嗨，哎喲嗨
此起彼落的竹槳聲
靜靜彩繪各自行走的旅圖
偏偏有人不信邪，一骨碌逆流而上
差點，把對面天游峰的一顆老松，拔掉了

四

停止飄泊，停止爭吵
停止眺望
在歲月的年輪裡
任由一船寂寞，唰唰的亂闖

二〇〇七年七月十五日內湖

草千里

去歲，初夏四月
草千里，一片翠綠之海
咱們依稀置身烏蘭巴托朗朗的大草原

今天，甲申猴年初八
朔風唰唰，冰寒刺骨

雪，把大地唏哩嘩啦覆蓋著
一望無垠的白

白，白，白，白，白，白
咱，從五官、心臟到尖尖的腳趾
都是白家的天下
嗯！咱可以昂昂然，掛牌開設
白之染坊　啦！

二〇〇四年二月二日內湖
二〇〇五年二月十八日改定

註：「草千里」位於日本九洲熊本阿蘇火山前，是一片廣闊的草原。今年一月二十九日，有幸造訪，它被一場大雪覆蓋，如易名為「雪千里」，似無不可。

豪斯登堡

豪斯登堡，我來了
跳著亞熱帶輕快的倫巴
我悄悄挽著你絕對典雅的倩影
一排搖著碩大槳葉的風車
在五顏十色的花卉間，行走
而古意盎然的遊艇，則
放浪於澄明如鏡的運河
讓各種膚色的眼睛，緊密的幽會
砰，砰，砰，此起彼落的心跳
散灑在那些，那些

比荷蘭更荷蘭歐式建築的窗扉上
德姆特倫高塔像一頭巨鷹
神情傲岸，站在整個堡區的中央
它被四面滄浪的水聲，簇擁著
不斷不斷發出喃喃的嘆息
面對橘子廣場的雙桅海盜船
以及徒子徒孫的小舢板
它卻不發一語
你們每天的晚禱課
應該為定時發射的高空煙火作證
必要時也無妨加油添醋
鼓它一次小小的掌吧
豪斯登堡的夜，是淒美的

我被一種透骨的冷，清醒著
走在光之宮殿綠色的長廊
細數，一扇扇燈的　幻影
拍擊，一盞盞水的　跫音
一個轉身，我摸觸到的竟是
一疋疋溫熱的　枕頭
一列列朦朧的　壁畫
原來當下已深夜一時三刻
我正躺在阿姆斯特丹大酒店三〇五室
恍惚中，燦然邂逅白髮冉冉的周公

金鱗湖

顧名思義　金鱗湖
許是展示群魚活蹦亂跳的好風景
當下，它卻靜靜地
不發一絲聲響
躺在湯布院靠近小山丘的一隅

咱們漫步在落葉紛飛的沿湖小徑
細細咀嚼當下某些特有的岑寂
彷彿整個身軀全被泡在九度低溫的清水裡
伸長脖子

向歲月，斑駁生蘚的老臉，張望

二〇〇四年二月四日內湖

二〇〇五年二月十八日改定

第一次捧讀青海的水

的確，十分十分，滄浪的
首次，我在青海湖一望無際的天邊
朗朗高歌著
我來了，把一首在夢中經常幻化的
深情密意，想念啃讀你的詩
大塊大塊，一瀉千里
霍霍的寄給你

你是慈悲的，詩的母親
你是曠達的，詩的噴泉

你是飽滿的，詩的雙乳
你是疏野的，詩的肌理

你，更是詩，不斷變調的形式，跨越時空的語感
繁花似錦的意象，無懈可擊的結構
你你你，你是絕對難以用一大堆抽象的詞藻
來詮釋，或取代

你是唯一的
恆久縈繞在萬萬千千黃皮膚中國人
內心淨潔的深深處
真正絕無僅有，歷久不變的
天籟的樂音

今天，我欣然捧著

你的千斤之輕的海水
我用它洗我的五官，洗我的四肢，洗我的全身
洗我現在所寫的每一頁彩繪你的詩

此刻，我
非常豁達，不動如山
躺在你寬大溫柔的懷裡，熟睡了
哈哈，哈哈，哈哈哈

二〇〇九年八月二十一日午

潑墨狂草，坎布拉

坎布拉，你是面七彩晶瑩的鏡子
慣以獨特的丹霞地貌，在青海昂首聳立著
咱們驅車環山蜿蜒多變的公路上
向下看是一疋疋澄清無比的湖泊
四處參差層疊連綿挺拔的怪石
讓人目不暇給，而不停的張望
生怕那川流不息大筆狂草的絕景
悠悠然，一骨碌從眼底飛逸
每每在山路上快速的向上攀升

我的視矚恍惚繞著李家峽電廠跳探戈
從最初觸及灰色巨大的建築基座，逐漸縮小再縮小
木立四周的柱狀群峰，更是雄渾幽僻
那一折折剪不斷十分蒼翠的山色
正面被陽光傾瀉的更燦亮，但反方向的側影
似在埋怨自己經年無人聞問的私密
坎布拉，你是我的詩早早下注的秋聲賦

二〇〇九年八月二十日晨

超感覺的幽眇

——首訪泰姬瑪哈陵

三月，一個烈烈豔陽翻滾的下午
咱們首次燦然奇妙的邂逅
一種，超古典的幾何形構
一種，超浪漫的愛之浮雕
一種，超空靈的哲學祕境
一種，超感覺的幽眇之美
陶陶然，它們水乳交融的擁抱在一起
對著，那四根白色大理石雕花的巨柱

靜靜把碩大圓型陵寢疏朗的包裹
中間一條悠然筆直的噴水大道，以及
一簇簇蒼松翠柏在兩旁佇立

任五顏六色的旅人徜徉其間
彷彿你也是它們當中的一分子
默默守著慕塔芝皇后淒美的魂靈

當下，我徘徊復徘徊
銘記這裡多角繽紛的詩意情節
更讚嘆蒙兀兒第五代君王沙賈汗的癡愚
他被囚禁在數千尺外的阿格拉城堡
每天祇能遙望瑪哈陵暗泣，直到終老
嗨！人間一則至情真愛的佳話

如今，仍被高高張貼在印度浩大永恆的星空

二〇〇六年三月三十日內湖

「平衡岩」一得

請你蹲好，穩穩搆住
另一塊沙岩，透空驚險之邊緣
日日怡然，看
鳥飛，樹叫，月曲
絕不向右，再靠一點點
否則，就萬劫不復啦

二〇〇五年一月十二日內湖

註：美國科羅拉多州有傲立千年的奇岩絕壁，尤其是大峽谷東邊「諸神之花園」（Garden of the Cods），怪石兀立，嘆為觀止。「平衡岩」乃其中一景，祇是這塊小小的砂岩與下層的大岩石，祇有一丁點的接觸面，看來隨時會崩塌，令人心驚。

摩埃石巨像

凜凜然，那一排
亞虎亞基維（Ahu Akivi）摩埃石巨像
以它特長的耳朵
不搭調的手勢，和
奇怪深陷的雙目
背對廣闊的大海
一句話，也不說

它們，祇是癡癡靜靜的
木立

木立
　木立
偶爾，在風中，優雅地
張開素拙的雙臂
同聲發出引人讚嘆的　微笑

二〇〇五年一月七日內湖

註：智利「復活島」西海岸，有一排摩埃石巨像，歷經千年風雨不墜，神態面貌各
　具，逗人迷思。

石雕人像之最

——挪威「威吉蘭公園」小詠

在偌大的威吉蘭公園廣場
一尊尊千姿百態的石雕人像，聳立著
他（她）們以無比深摯的純情
落落大方的抱擁、對視、喃喃私語
有的翹腿，有的哈腰
有的仰天輕嘆，有的閉目沉思
有的細數對方的眉睫
有的吸吮熾熱的雙眸……

他（她）們在高低不等的石階
盤坐著，參差堆疊著
當下，一眼望過去
確是一層層，千呼萬喚，令人驚豔的
夢一般的象徵的波浪
把所有天南地北旅者的心
都燦燦的抓住了

哦！那一片無與倫比的超越視覺之美
依稀在時間的汪洋裡
不斷地挖掘，播種與騰飛

二〇〇八年十二月二十九日晨

輯四

群山不翼而飛

跟黃昏說，再見

——題石濤〈螳螂秋瓜〉

當我某日大晴天的午後
在台北上海書店的一隅
靜靜把玩著一部十分典雅的石濤畫語圖說
赫赫被其中一幅〈螳螂秋瓜〉鎮住了
莫非水墨的最高境界
就是像他這樣簡簡單單的幾筆

首先自畫幅上方幾撮綠葉說起
它欲隱又顯把偌大的悲慨切割得更迤邐

中間空空，挺著個大肚子的秋瓜
不動，不搖
似乎想與老天比劃比劃誰的氣量大

而這時，左下角一隻小小的螳螂
卻慢吞吞的吮吸著，吮吸著
好甜，好甜
俄頃瓜身便像潺潺的噴泉，一躍而下
從而，整個畫面，也猶之天際的雲彩
悄悄隱退，一聲不吭，跟黃昏說，再見

披麻皴，井然有序

——題石濤〈清音小閣圖〉

遠看，是不是像一群燕子
交頭接耳在專注的覓食
圖中的小屋，就是牠們夜晚的避風港

近看，則是一排排亭亭玉立的幼苗
徜徉在五轉九彎斜斜的山坡上
不時迎迓朝風暮雨的披拂

再看，它們確是深情契入欣賞者的眼眸

瞧那些披麻皴，在打滾發酵
人間還有比這更幽僻的，仙居嗎

花樹枝椏向他靠攏

——題石濤〈黃山遊蹤〉

一尊老叟
巍巍站在蒼松巨石的邊陲
目不轉睛，眺望不可知的遠方

可是眼前那些花樹枝椏
卻都情不自禁，向他快速靠攏
還來不及等到夕照下山
他的全身上下，不自覺長滿紅花綠葉

於是，他不得不向人間告別
我才是當下，唯一的風景

旋轉光影的年輪

——題石濤〈山道策杖圖〉

山道上
一個圓圈套著一個圓圈
在眾圓圈雲雲霧霧的繚繞下
一個長者，緩緩策杖向前

他，到底要走向那裡
那林木森森的山巒私處
果真祕藏有道可道非常道的經典
他能用愛，用彩筆，旋轉光影的年輪

群山不翼而飛

——題石濤〈山水冊十二〉之五

我踽踽在橋上獨步
眾樹拍打山的衣襟
澗水在耳畔低吟小唱
群山卻紛紛不翼而飛

詠楊柏林銅雕

他把鋼鐵的頭顱，掛在宇宙的私處
自己卻呼呼大睡
讓一撇撇喜歡流浪的意象
於黃昏的碎葉裡，獨酌，餘暉

出塵的夢想

——題徐端的畫〈貓〉

無邊的慈悲
絲質的溫柔
如夢的雙睛
牠在時間出神的微視下
輕輕敲著
一縷縷
十分狂野的岑寂

繩結，新象之再生

——題楚戈的〈原神・繩〉

好一片色彩豔麗多頭的，繩
從綠油油的廣場，出發
伸展，它的彎曲自如的身子
伸展，它的無所不在的水線
伸展，它的豁達豐沛的肌理
伸展，它的變化莫測的轉折

於是，再攀升
向左向右，逍遙

向上向下，逍遙
向東向西，逍遙
向遠向近，逍遙

無窮無際茫茫的時空，任其遨遊
它是變調的小夜曲
它是無聲的敲打樂
它是早春的高克多
它是黃昏的保羅・克利
不，不，他是一顆顆
童心未泯，永遠挑戰新象之再生

後窗III

——題程逸仁陶藝作品

嗨！誰能瞧得見千年前的風景

一面小小的漏窗
在時間的飛簷上緩緩地走著
不知它曾經跋涉過
幾許春風秋雨的歲月
而一代代在老屋桐油燈的鑑照下
讀三字經，背百家姓
啃幼學瓊林，抄古文觀止

而當下，一列列龐大的水泥森林伸手可觸
網路如潮水，快速淹沒閱讀的領域
大字足本的線裝書早已絕版
而你卻更閒適地優遊於
你自己精心設計的心靈桃花源
管它什麼世紀末風水輪流轉

嗨！誰能瞧得見千年後的風景

打哈欠的貝殼

——觀阿爾普青銅雕塑有感

我不知道，你是怎樣在他的意念下成形的
我不知道，你是怎樣在他的敲打下癒合的
我不知道，你是怎樣在他的捏塑下出走的
我不知道，你是怎樣在他的波動下圓融的

不過是一隻寄生在海底的貝殼
每天被浪濤翻來覆去
你喜歡到處流浪，經年
和魚蝦，捉迷藏
和珊瑚，說悄悄話

和漁人，跳倫巴
和星月，編織美夢

當一旦，你被移植到台北美術館的大廳
某些活蹦亂跳的景象
似乎一下子被完全規律化了
或許，你每天唯一可做的大事
就是默默地，對著人群
打哈——欠
而你的鋸齒狀的，大嘴
彷彿，也永遠合不攏了

唉唉！我怎能從往昔跌落的歲月
輕巧撿拾你出生時稚嫩的側影

二〇〇五年二月十七日內湖

輯五

為月光打鼓

俺是嫩嫩的天籟

管它什麼電光火石，雷鳴
管它什麼吱吱喳喳，鳥叫
管它，管它，管它……
反正，俺是豁出去了，頭也不回一個勁地仰著

不論刀山油鍋
不論遍地烽火
不論隆冬暴雪
不論秋蟲低吟

俺是真的，俺是真的
坦坦然，浩浩然，悠悠然，栩栩然
一連串的，不時聚集在一起的
長長久久的驚嘆號

或許，俺會把宇宙捅一個超級大洞
　把洪澤湖的水全部車乾
　把人間的空氣統統搬走
　把一切及一切暢然變奏

俺就是不再陰鬱，不再唱舊時的小調
俺就是天籟，唯一嫩嫩的天籟
盤坐在九霄之上，昂昂然
睡它半個世紀還在哈欠連連的午睡

不要觸動我稀疏落寞的蒼髮

不要觸動我稀疏落寞的蒼髮
這個小腦袋從二十世紀青青的上半葉
到現在已經泡在各式醬缸裡八十個寒暑了
不論晨昏晴雨
我常常被困在一些殘破線裝的經卷裡
徜徉自得，或者呼呼小寐，甚至
穿著草鞋找草鞋，到處跑

你隱約聽到，前世的回聲嗎
你真能覓得，塵封數丈的老殘手稿嗎

在那座老屋最廣闊天井的正中央
兩具油亮的棺槨，還在淒淒切切的對話
請千萬千萬不要再撫觸
我那滿鐔搖不動的，難以詮釋的，悠悠千載之惆悵

二〇一〇年九月十八日無塵居

瞿然，不動聲色的帆

喜歡怡然自若的搖晃，像楊枝一般的腰
起先，它祇是緩緩不動聲色的微語
等一腳把碼頭拋開
就不得不朝著長長的河流，飛去
親近碧水青山，航向另一埠岸
這是每一艘帆船必然的宿命，由不得自己

嗨嗨！去吧！去遠颺吧！
去追逐未來更開闊的夢吧！
儘管眼前還有若干難以化解的羈絆

不管猛烈的風
不管巨大的浪
不管前頭的路有多遠
不管黑夜將要提早的降臨

致力把昂人的風帆，張得滿滿高高的
一鼓作氣，把天空彩繪成世界級的大壁畫
嗨嗨！好一尊橫七豎八的逍、遙、遊

我的夢，不在海的耳裡

無處不在的，也許有海
無處不美的，也許有花
無處不圓的，也許有陶
無處不方的，也許有書
我的夢的聲音，恆在大地的某一私處發酵，
茁壯，漂泊，定格，時高時低，不徐不急，
序中有亂，指馬為鹿，
漸漸漸漸划向一片無止無境的天藍
真的，你能聽見不是聲音的聲音一直在延長嗎
那是絕對難以描摩的世外雲煙，有黃黃的光，

柔柔的風，喃喃的鳥叫，霍霍的蛙鳴……甚至
不見一個人影，唯一堆堆奇怪形狀的巨石，
昂昂然不問青紅皀白擋住咱們的去路，
且不是任何形體、力道、算計所能完全間隔的
如是，我不斷聽見自己呼叫不出自己真正的聲音
它從浩瀚的海之彼端，生動隱約的傳來
那究竟是一種什麼樣相，什麼範例，什麼姿勢
或者玄想

如是，海不在我的耳裡
　我不在聲音的縫裡
　　行走不在時間的空裡

白髮獨語

不知不覺，在光陰凸凹的深處
我撫觸你無聲，湧動的力量
自左耳沿靜悄悄的爬上來
依序，任眉睫燦爛的開花
接著，蒼髮向兩側微微的擺盪
一點一撇，讓天靈蓋情不自禁的逼近

於是，滄滄浪浪
且看，倪瓚一管英姿勃發的妙筆
撥開黑暗，在我童年跨過詩經的某一頁

轉了一個小小小小華麗的彎

二〇一〇年六月五日於內湖

月光，掉進井裡

月光沒有理由，匆匆掉進我的井裡
沒有雲梯，怎能觸及某些黑壓壓的重量
井的邊緣，似有蔓草小心翼翼的蠕動
灰褐暗沉的磚塊，頗不安心
那一顆圓溜溜的傢伙
怎能如此倉促的滑下去
不斷不斷的沉到底部
它的自然的亮光也隨之逐漸黯淡
我怎能不費吹灰之力將它撈上來呢
如此，那原先一些儲存的稀有的光點

也會坦然休止
而這時，一顆好端端的新月
卻毫髮無傷，蹲在樹梢的左邊
並喃喃的說：我等你已經很久很久了
於是，一個箭步
井與月亮，依稀並肩而行
兩者一黑一白，融為一體，逐漸悄然隱遁

晨曦，被東方啃著

歷經諸多說不清楚的夢境
彷彿在南邊的田埂，遇見春風滿面的陶潛
他，抖一抖身上散落的桃花
且不時嘆息，我的南山究竟在那裡

如是，我側一側身
任半邊臂膀，擱在軟綿綿的枕頭上
瞇著窗外午夜依稀有光的長廊
那隻溫順的貓咪，或許還在靜靜的假寐

這是司空圖殘缺的二十四品漏下的碎片
那是王國維綠色的人間詞話在獨白
還有燭照三才的劉勰，悠然寫氣與悲慨
因之，寒山不得不猖狂的在石室裡筆舞

不久，附近的雄雞群，開始大叫
從而晨曦便圓溜溜的一湧而上
我也和衣下床，以無為的鄉音，慢慢啃著
東方，一片龐大濛濛的　雪白

二〇一〇年七月十四日內湖

語言，饑餓的獅子

實在抓不準
什麼時刻，是寫詩的最佳契機
當在下的抒情之心飆到最高點
當構思的原子筆源源不斷的書寫
當奇絕的想像一縷縷繽紛的冒出
當料峭的場景一幕幕參差的綻放
語言，它確是一隻餵不飽的擎天的獅子

當詩句滔滔如夢降臨時
它，奮不顧身，它，槍林彈雨

它它它，滿載昂大噴火一觸即發的意象
然後它會次第轉折沉澱，使之冷卻，臻至
一種藝術的孤高
讓，原本是一條條如火焰般的暴龍
豁達變調成一隻隻十分優雅柔順的貓咪

不堪堅挺的赤裸

不熟悉黑暗走路的姿勢
卻逕自大張旗鼓的跳躍
不體現漢字爬行的速度
卻喜臨摩張瑞圖的狂草

隱匿在八大畫中的一個逗點
卻善於把獨行的大塊潑墨
偷偷移植到高山秀竹的一側
任一絲絲難以抓實令人駭異的新景
佇立一旁燦然的揮手，微笑

或許當下，不輕易自在徜徉的水墨
它山不怕高，盡情抛出一些特別的情韻
並且將一再鋪排，契刻
那個堅挺的自己，究竟是如何的赤裸

二〇一一年七月中於內湖

然則，擎天的耳語

聽，或者不聽，都十分概念化
為什麼話語剛從嘴角吐出
又不得不冷冷的收回來
莫非，有不可告人的苦楚

我寧願是常常假裝聽不見的啞巴
那是一個默默無聲令人玄想的世界
一切是靜止的，沒有高山和峻嶺
沒有喧鬧，沒有掠奪，沒有孤獨
甚至也找不到

一抹斗大的空白和荒蕪

二〇一一年八月初完稿

歷史，攬鏡回眸

自一抹抹最細微的人生橫切面開拔
彷彿往昔經歷過的諸多瑣事
猶之童年看拉洋片，一幕幕的翻來覆去
那是無為鄉間的私塾草屋
一陣咿咿呀呀的讀書聲，清脆傳來
線裝的論語在牆角，瞇著惺忪的睡眼
秋聲賦在老學究的禿筆下，沙沙起舞
接著再一轉，許是金陵的燕子磯
高聳的崖石，把長江緊緊的摟著
乾隆的御筆，讓對岸的八卦洲

一行行的包穀，被滿天的蝗蟲啃得希哩嘩啦
緊跟著，再轉到新世紀內湖的無塵坊
大小不等佼佼不群的畫冊，經常冷冷盯著你
於是終日顛倒在億萬顆密密麻麻的漢字之間
那裡管得了，攬鏡回眸當下是第幾回啦！

偶成掇拾悼商禽

詩人的臉是遙遠催眠的夏雨
遙遠催眠的夏雨是峨嵋山的函數
一片巨大的楓葉，日前刷然降落
靜靜在天河的斜度，大聲嚷著
竭誠歡迎人間
最最雪亮料峭的一顆詩星回家

如是，大夥兒一塊前呼後擁

依稀布魯東、李金髮、楊喚都赫然在座

咱們今夜可以無拘無束，大談特談
那項被戴上滿面塵垢超現實主義的帽子

附記：二〇一〇年六月二十八日正午，突接辛鬱電話，略謂老友商禽昨天心肌梗塞走了。我木然良久，握筆草此小詩，以為最誠摯的悼念。詩中引借商禽三首詩作的題目，一併小記。

流水，被落葉捧著

穿過一縷縷感覺的蔚藍
生命的綠葉，勃勃如飛
我喜歡自由採拾阡陌間的野味
稻草人的足蹈手舞
把眾多雀鳥的啁啾唧走了

某些植物的眼睛，被陽光徐徐揭開
在時下欣欣向上的氛圍中
一粒粒微小種子的萌芽
可能觸及夢中的斷柯

孤伶伶的，是誰在兀自懶散的綻放
從此，那些山巒，一直被雲霧鎖著
那些稻穗，一直被鐮刀咬著
那些顏彩，一直被日曆數著
那些流水，一直被落葉捧著

二〇一一年十月二日內湖

眾樹迎風狂草

讓我是一片綠蔭綿延千里的眾樹吧
它們從各式各樣蚪曲開濶的山巒出發
雲彩，自在自得的比翼
群鳥，成雙成對的徜徉
極目遠眺，勝景似一冊冊
伸向天際排山倒海的浩瀚
朗麗、潔淨、豐沛、超脫
啃著，深深深深的啃著
每一顆昂揚歡喜抱擁四海的豪情

讓我是一輪晶瑩溫煦璀璨的陽光吧
無論在煙村的池畔，老屋的井邊
巨廈如林的都會，以及空曠幽僻的深山
每一個人，都心曠神怡的兀立著
每一個人，都無憂無慮的吮吸著
從此，日月年年，無比親摯的對待
咱們要朗朗地高舉鮮脆，享受真愛
傾聽眾樹昂首狂草沙沙的聲音
向一切髒亂、破敗、病毒說：再見

等你，在柳絲之後

等你，在古文觀止的某一章節
等你，在柳絲如雨的剎那之間
等你，在羊毫彈跳的冥想以後
等你，在低吟絕句的休止一刻

哦！我懂了
莫非，落葉是在春天的指縫隱失
莫非，童年是在歲月的霧裡看花
請問人間的小徑誰能走得完
或許打一個轉

讓過往大大小小的泡沫
在你赤裸裸的骨骼上
輕輕一擦，船過詩有　痕

二〇一三年二月末於內湖

偶思錄

一

在黃山飛來石獨酌
一股莫名的孤寂
暗暗剪裁我的腳踝
於一片蒼翠彎曲的葉脈間

把崎嶇幽僻的小徑叫醒吧
唯那迎面蹣跚走來的樵夫
猶不悉四周霧氣是怎樣

不搭調的書寫，微雕，以及潑墨
我且以空空的酒瓶
任疏野的山林，接住

那當口
好一陣蕭瑟自在的落葉
正輕巧推著
半截悄悄欲雨的，黃昏

二

或許夜的降落形式有很多種
我習慣每天蹲在一旁靜靜守候
摸摸放在枕畔的「野草集」
那些藕斷絲連的情節

可能似夢寐般喃喃私語

我愈來愈喜歡在層層暗黑中思索
一些亂塞在「道德經」裡的紅字條
還在說三道四為某些瑣碎爭辯吧
如是我用放浪不群的羊毫，在宣紙右角
宣告一首獨釣南山的小詩，佛鬱草成

二〇一四年三月初內湖

俺要把閻王老爺淹死

——戲悼老友周鼎

他以酒瓶，向老天喊話
為什麼你總是不能讓俺痛快的喝個夠
俺要盡情的劈風，劈海，劈虛無
因為這個花團錦簇的世界
壓根兒，它就不是俺的

他以詩劇，向歷史喊話
羅門、沙木、辛雨、洛浮、雅弦、莊默
請你們統統列隊站在一邊

俺要從你們的頭蓋骨大剌剌的飛過去
飛到那沒入天際一片最大的墓園
它才是俺最後安身就寢之所在
羅悶，快過來當下你還要同俺比劃誰大誰小嗎

哈！哈！哈！

最後，他以一片茫茫永遠抓不住的白
向閻王老爺　喊話
從今以後，你要聽俺的
不然，俺每天喝酒幾十打
幾年下來酒瓶堆積如山
他的酒糟臭氣，會把你活活的淹死
哈！哈！哈！

附記：詩人周鼎詩集《一具空空的白》，內收〈詩人墓園〉。對六位老友有諸多調侃，特引借之，博大家一笑。

為月光打鼓

自稀疏的樹梢頭
我看見一輪皓月，正冉冉升起
於是輕輕掩卷嘆息
暗想，該怎樣為烏溜溜的月光，洗澡

能為它加件山巒的外衣嗎
能為它抹去眾樹的陰影嗎
能為它採拾貓咪的雙睛嗎
能為它留住子夜的跫音嗎

哦哦！那一刻
我昂然看見，一對又大又圓的月暈
伴著我的碎步，把內湖小徑
舞得歡聲雷動

二〇一四年三月中內湖

輯六

時間水沫小札

為建築揮毫（十一帖）

臥龍

——題台灣黃宏輝建築設計圖

自那些線條縱橫彈跳的旋律
一列列不動聲色的意象
把大地一隅
層層折疊若深秋落葉
哦！我將瞬間的假寐

水墨狂草

——題台灣劉育東建築設計圖

一種稀有的火焰
一種帥氣的一撇
一種典雅的韻味
一種彎曲的上升
它，悄悄刀削一方方，不言不語的泥土

三聯畫宅

——題大陸張永和建築設計圖

一排排逕自參差耳語的修竹
輕輕，把某些佇立的畫舫
托起
任它在長城蜿蜒偷窺的眉睫邊
情不自禁的，獨舞

染色體

——題台灣簡學義建築設計圖

初看，它是一棟七零八落的房子
再看，它的對比、斜角、透明的玻璃窗
往往朝絕對的反方向移動
四周被陣陣青綠包裹
或許，它會喜歡獨自流浪的樂音

磊落

——題台灣龔書章建築設計圖

莫非，它是方塊與洞孔的渾然組合
莫非，它是有規則，反理性的倒置
莫非，它是絕對絕對的四不像
　以及無限大角度的伸展
莫非，它要一路切割人間的水、空氣和陽光

觀察者

——題荷蘭Mvrdv建築設計圖

一面拱形巨大的窗子
目空一切，向世界張望
管它綠地、花樹、雀鳥
當下統統脫得一絲不掛
我，就是喜歡摟著天空的豁達

敝地

——題台灣曾成德建築設計圖

從低空下探
一棟方形三層鳥籠小白屋
悠然蹲在翠意迎人的地平線
冷冷滑著無根的翹翹板
它想和眼前一望無際的絕景，對撞嗎

山脊之屋

——題韓國徐惠林建築設計圖

昂首，太平洋，站在最高點
斜斜唱著人風之歌
去吧！狂喜
去吧！孤獨
去吧！一切顛三倒四的峰頂

建築農場

——題日本平田晃久建築設計圖

那些方形小舍
像一枚枚流暢不老的兒歌
向大自然伸出嫩嫩的小手
每一格的主人，面對不同的水線
細細吮吸某些新感覺的曦光

曖昧

——題日本隈研吾建築設計圖

誰能分得清，那裡是室內室外
一長列薄薄遮陽的看板
隱約詮釋多樣模糊不安的奧義
我祇能讓想像徜徉在它的暗影下
是誰，偷偷收割了世界的半邊白

迴旋之屋

——題丹麥JDS建築設計圖

恰似一對透明的巨蟹
在海灘上靜靜獨孤的行走
彼此互相引吸、抱擁、推移
依稀眼前所有的風煙
都在一一唐突的　消失

二〇〇八年七月十二日內湖

附記：二〇〇八年六月九日，中國時報曾刊出一系列全版房屋圖樣，係海內外建築名家設計令人動容，故以詩誌之。

時間水沫小札

一

常在我衰老的夢中
悄悄翻身的
可是那些顛三倒四的兒歌

二

楊柳，輕輕嘆息
把孫家灣的三月

搖曳得像一陣狂風急雨的腰鼓

三

偶爾仰望天井
為何掛在上面的蒼穹
總是滿臉疙瘩

四

稻香，牛糞香，荷花香
池塘的水，也香
水牛，輕輕翻了一個筋斗，讓大家發狂

五

水瓢，趴在水缸裡，一動也不動
當老奶奶握在手心那一刻
它就驚濤拍岸，誰也管它不著

六

一把撈起雅魯藏布江的好水
逕自向迷濛的雙眼猛滴
突然撞見唐古拉山，在赤裸裸的騰升

七

烏蘭巴托草原被大雨沖刷得更幽僻

天，披一襲絕對的藍，鑑照斯土
唯獨獒犬抿著嘴，翹起屁股兀立著

八

澗與澗，齊眉
石與石，爭奇
天與天，比澗

九

永遠，循著一個方向
充滿黑色神祕的，旋轉舞
一直在飛，飛，……時間無言的倒立

十

騎著駱駝，穿過黃昏的鳴沙山
俺的視矚，被一排流暢的水線，牽引著
好一幅令人心驚的，圖騰

十一

一把無比碩大月牙形的琵琶
琤琤琮琮在白居易的耳沿，嘮叨
今年，這個園子裡的芳草，已增長兩尺

十二

採幾片，奧萬大的楓葉

藏在無塵居，小映堤的素描冊裡
它立即滋生好幾對想飛的，翅膀

十三

偶爾在某冊線裝書中捉蠹魚
牠總暗暗藏在脊背的夾縫裡
有時眼睛一花，牠就變成行草的動畫了

十四

一輛，滿載時間的手推車
靜靜在落葉繽紛的大地，播種
莫非，那是鄭板橋酒後最得意的狂草

十五

枕頭放屁，電視機游泳
Hello Kitty是一對小白兔
牠倆在我的童畫書裡，偷吃冰淇淋

十六

數千具料峭尖挺的鐦刀
筆直的向路南星空，發出最激烈的嘶吼
大家都領略，石頭陣式最原始的雄渾

十七

從後山登布達拉宮

隱約撞見一座座世外荒置的寢園
幽邈、清絕而超寂

十八

空氣們，放歌吧
不然這麼多人重疊在一塊
會不會令你更覺孤寂

十九

帽子，蹲在窗邊一隅，張望
它被一格格的，綠野
驚嚇過度，逃脫了

二十

真相，絕跡
黑暗，蜂湧
時間，慢慢的就寢

附記：這批水沫小札，共八十六首，特選其中二十首，供大家品賞。二〇〇六年一月初稿，二月間改定。

輯七

詩・發芽變奏

詩．張開海藻般柔柔的翅膀

一

在童年，草堆如雲的無為鄉間
每天，我一睜開眼
詩，是一群天真無邪的麻雀
於青碧的阡陌上，嬉逐
它，引領我走向小小農耕的世界
它，引領我採拾論語孟子的精要
它，引領我在半醒半醉的硯池中仰泳
它，引領我在玉梨魂的幻境裡囈語

春天，它敞開海藍般的美姿，漂泊著
夏天，它敞開蟬鳴般的胴體，吟唱著
秋天，它敞開明月般的嗓子，彩繪著
冬天，它敞開大雪般的氣宇，垂釣著

它它它，它是我的手杖，我的呼吸，我的
隨身碟，以及一切復一切緩緩行進著的
全然看不見的鄉愁的鏡子
窩在如許細緻深澈的心的側壁
不得不安安靜靜滄浪，我

二

在晚近，蒼髮如皚皚白雪的內湖斗室

每天，我忙於搬動一落落淺唱低吟的殘卷
漫步當下茂林修竹的小徑
即將邁入七十九個無端的寒暑
我還在意他人的指指點點嗎
每天，獨對那些五花八門的影像
不時偶或憶起，某年某月某日
曾悄悄登上巴黎鐵塔之頂，放風箏
吳哥窟陰暗的長廊，我一步一丈量
那批天國舞者Apsaras七彩的腳印
蹲在埃及阿蒙神殿一三四根擎天的石柱下

莫非，我祇是一隻小小的螞蟻
嗨！好一朵烏蘭巴托黃昏雨後的落日
讓我和大荒的影子，幾乎與大草原等長
而土耳其的精靈煙囪，恰似張瑞圖鼓點式的狂草

把卡巴多奇亞的原野，寫活了

托爾斯泰，果戈里，杜思妥也夫斯基……
巨大英烈的銅像，讓莫斯科，蘇滋達里
聖彼德堡的街景急急上升了數千公尺
且令人百讀不厭，不忍驟然離去
而胡志明市的古芝地道，短短不及六十米
我等連爬帶滾，氣喘如牛，才撿回這條老命
巴塞隆那的西班牙風
湧起米羅大膽奇異的彩繪
把咱們的新感覺，如夢初醒的掀開
那一雙又大又挺的荷蘭木鞋
橫躺在阿姆斯特丹的十字路口
我唰唰，大步躍進，把濃密的夜景也一起叮噹契入
瞧，布拉格黃金巷二十二號，卡夫卡，一隻巨大的

變形蟲，輕輕把時間切成粒粒星辰
唯板門佔，昂首不語的38°線
仍堅持楚河漢界，誰也不能跨越

這麼著，當下這個超世紀的液晶體
究竟還剩下什麼細軟，是屬於大家的

三

某些不眠的風景，依然在眼前徐徐退隱
我怎能豁達如擲骰子般，坦蕩
詩，如果失去自由的翅膀
還能在無邊無際的水岸
高呼，我要淹沒一切嗎

二〇〇九年七月四日內湖無塵居完稿

鳥聲是詩

眾鳥，以不規則的翅膀，散步
眾鳥，以芬多精的語言，調情
眾鳥，以方程式的顏彩，塗鴉
眾鳥，以亮閃閃的水線，寫詩

不論牠們怎樣盤算，糾結，奇想
總之，鳥不是樹，也不是花
　　鳥不是雲，也不是石
牠特別喜歡在清晨幽僻的林間
一個勁地，吱吱喳喳

一個勁地，把青天嘩嘩啦啦的啄醒
於是大地升起，一片綠油油的波浪
一首不必下標題的，最最令人疼惜的
百鳥戲春詩，燦然定稿

二〇一四年十二月於台北

詩・喋喋不休的獨步

詩從何處來，它到那裡去
詩的終點有多長，它向誰傾訴
詩的體積是什麼，它如何丈量
詩最大的憂傷為何，它怎樣綻放出奇的幽樸

自童雅青澀的歲月算起
我在老私塾苦讀四書五經
醉臥在五柳先生寬大的袍影下
迤邐灑脫而忘憂
於是終日吱吱喳喳

潦水盡而寒潭清
煙光凝而暮山紫（註）
四六對仗，平仄入韻
大小羊毫把我的右手，輕輕托著
顏柳米王的楷書，怎能一蹴可就
多少晨昏，在墨浪無聲的翻滾下
為何為何，我的行草總是黯然，不進則退
經常在舅父老師巨大紅筆的眉批下
顯得十分拘謹而又喃喃獨白
乖乖隆地冬，咱們的漢語書法何其獨特超越
即使窮一生之力，也難以神遊彼岸
我還是日以繼夜，與歲月宣紙靜靜的拔河吧

讀詩，讀一首難懂濃郁的好詩
一種難以剖白的私密，常常在一瞬間豁達展開

是以心與絕句串連
是以思與聲律比肩
是以意與風荷對酌
是以象與繾綣和鳴
讀詩，無端捕捉漢語的纖細迷離之美
似乎天地間的虛實，俱隨我的呼吸而狂奔
哦哦！詩中自有巍峨的泰山
　　詩中自有浪滄的大海
　　詩中自有擎天的巨柱
　　詩中自有浩瀚的星空
這一切一切以及難以預告的未來
它們都在虛無飄渺悠悠忽忽的時空中
繼續拔高、拉長、濃縮、擴散
而讀詩最最赤裸的喜感
莫非就是那一系列難解的孤傲，以及與

歷史緊緊相連瞬間爆發的理趣
請問，請問
詩，還在當下，喋喋不休的獨步嗎

二〇一四年四月二十四日晨光中於內湖

註：「潦水盡而寒潭清」兩句，出自王勃〈滕王閣序〉，這篇流傳千古的佳篇，迄今我依然可以背誦，特小誌數語如上。

詩・別癡心玄想，拐杖會扛起你

誰說，歷史不會說謊
黑暗不會說謊
楓葉不會說謊
流水不會說謊
蒼鷹不會說謊
跳蚤不會說謊
如此等等

其實，一大堆胡亂排列的所謂新秩序新零件
它們怎能理出一條通往羅馬的小徑

然則，稻穗是不問季節的植物
魚群，也是
童玩，也是
鋼管女郎的翻滾，也是
光禿禿走不動的拐杖，也是
公園旁一盞壞了的路燈，也是
石門水庫快見底，也是
阿里山的櫻花已經掉光了，也是

我要說什麼好呢
一切的辯證都難以揭開古經典的假寐
它是無形無狀無色無味　一箇勁地
蹲在春秋的暗處
做一回長長圓圓方方的
世界末日的大頭夢

把自我暫且放在巨大無為的空白中
拖著一條黑白分明的風箏
上下左右，搖搖晃晃
托著千奇百怪深不見底的星空
一會兒做鬼臉
一會兒打啞謎
一會兒後空翻
一會兒演默劇
一會兒看夜景
一會兒畫蝴蝶
最後，咱不得不鼓起餘勇
向昂大孤獨最最令人驚嘆的絕嶺
一路過關斬將嘩啦啦的，挺進

二〇一四年四月二十八日內湖

詩‧發芽與變奏同遊

詩是啥，它向五經眺望
詩是啥，它向莊子垂釣
詩是啥，它向楊華問路
詩是啥，它向葉笛獨白

不管是一天中的任何一刻
它確確站在某些對立的角度
默默在書坊一隅，沉思
且手不釋卷各種厚薄不等的經典
偶爾也輕握二三木立的蠹魚

把牠們悄悄植入朦朧的陰影裡
看牠想緩緩的西進或者急速的東轉

兀然一面北向紙糊的方窗
喃喃碎語逕自開了一道小小的縫隙
是要叫醒東方早起的雀鳥
還是薄霧把附近的山坡啄穿了
從而我的視觸諸覺不得不同時開放
不論是白的油桐花愣愣的向外人訴苦
不論是發芽的楊柳散散的向松鼠哈腰
可是一輪驕陽已按捺不住霍霍想飛的步伍

於是我的詩有了一個千姿百態的倩影
並且輕捷迴旋在春花璀璨的氛圍裡
讓詩，啃著青青的草，與李清照約會

讓詩，捧著嫩嫩的花，與柳宗元共舞
讓詩，啣著柔柔的情，與鍾鼎文對弈
讓詩，挑著淺淺的意，與孫大雨散步

啥是詩，遠眺那有盡頭
啥是詩，寒山還在揮毫
啥是詩，廢名佛鬱款步
啥是詩，沙牧狂吻酒瓶

二〇一四年六月於內湖

詩·重量以及騷味

我從蓮霧的水線，剪貼你的氣質
我從山巒的心臟，撲捉你的呼吸
我從稻穗的瞳孔，迤邐你的腳印
我從雲彩的眉睫，暗忖你的重量

是什麼使你那樣的瀟灑
那樣深情的遊走四方
那樣的不知天高地濶
那樣的氣定神閒
那樣絕對的自我

那樣的獨特、驚兀、甚至無形無狀
誰也說不準，到底你的底部有多深
一個畢生以抒情為主調的浪人
能把你安安靜靜絕絕對對的攬為己有嗎

不，不，不，不，不
你是中外熱愛書寫者心中最最猜不透的謎語
你是塵封千載不動聲色的箜篌引
你是笑傲江湖蒼蒼朗朗的兵車行
你是乾坤旋轉坐擁書香的滕王閣
你是貝克特抓住一片空寂的等待果陀
你是梵樂希情偷隔世的海濱墓園
你是里爾克獨釣滄浪的奧菲烏斯
你是艾略特浮雕奇夢絕想的荒原
你是韓波奔向青青希望的醉舟

你是E. E. 康敏士活在斷連有序的參差裡

或者，你還意猶未竟
偶爾你也會眺望一片空濛的遠方
你會停在一株昏昏欲醉的華山老松上
在擦耳崖喃喃獨語
我到那裡去取詩經疏野的寶典

畢竟你彷彿有跡可尋
你的味道還是淡淡散灑在生活的四周
不論你心裡的風向球如何懸掛
大夥兒還是一個勁地狠狠盯著你
燦然細察你的一舉一動
唉唉！如果一首詩沒有特釀的騷味
那是那門子的藝術

嗨！嗨！嗨！嗨！嗨！
那些深藏不露不絕如縷的情愫
每天不斷剪裁歷史的
強烈企圖攀越時間的峰頂
人間最最親摯可觸的
詩的諸多感覺，如是等等
哈，利，路，亞！

二〇一四年十月末重秋於內湖

附記：本詩寫於二〇一四年三月初，是我於《創世紀》刊出的末篇，六十年盛會已過，讓汪啟疆們持續再創這個老詩刊的新頁。自二〇一五年一月起，本人不再勤於參加詩文學活動。本人他日往生時，採取樹葬，吾堅持「我是來去自如的流水，不帶走人間一片雲煙」。

附錄

贈詩及評文

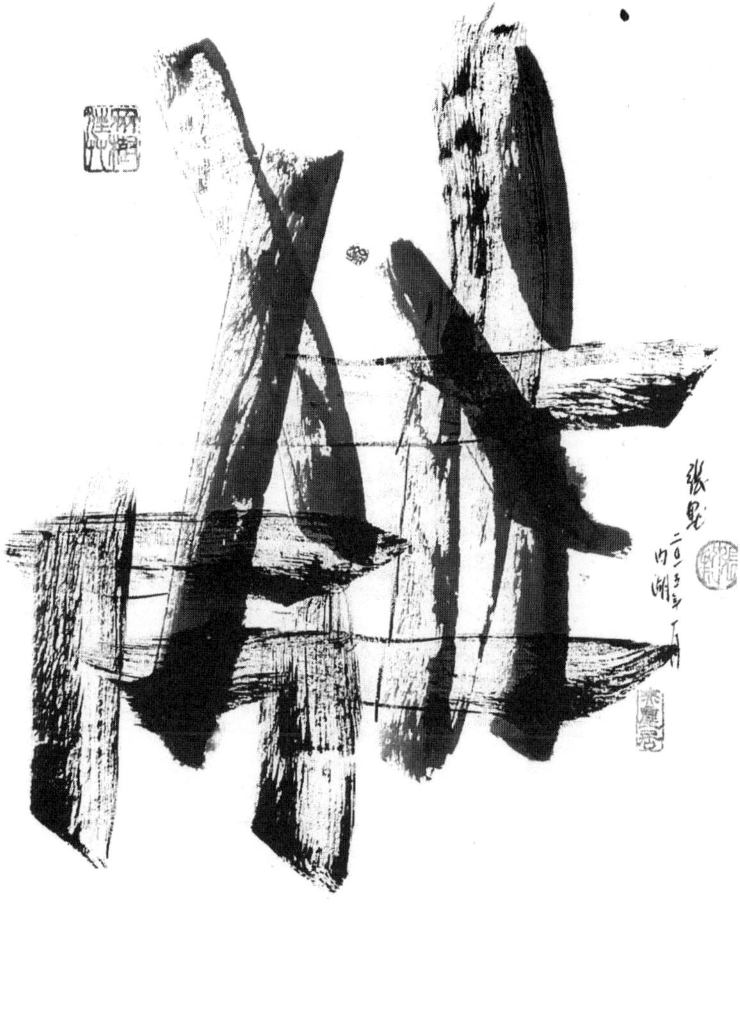

午安，少校

——給張默

沈臨彬

日午：在老四團的路上
我們騎著單車，小風在輪後
為韓國草做頭髮。

也許，第一舟波
已在柴山國小的深崖
浪一般的湧上打狗山。

少校：馬可尼的軍褲是歐戰的

卡其色的領帶已歪向銅錨的這邊
你的鼻子急躁的喘著：也許

另一種戰爭已經開火
且打得非常漂亮。

洛夫去了越南，瘂弦在艾奧華
少校：為什麼！
我們總在同一條淺灘遭遇，
讓戰死的夢在早晨醒著。

入山

——題張默的彩墨畫

洛夫

山的呼喚
被一陣驟來的風哽住
仰望的臉
在時間中風化為一片殘崖
雲，清洗我以天河的水
唯額前仍保留一小塊
史前的青苔
蒼茫中
山鳥的對話愈來愈輕

月正升起

峰與峰之間
以鳥道連繫
以鼓翼的回聲連繫
我繼續攀登
大大小小的樅樹擦身而過
爬到最高處我駭然發現
山，竟一路瘦了下去
而峰頂的月
更遠，更
小

黑是來時路

——讀張默畫作有感

辛鬱

不眠的，
白是一切的開始。
而黑呢？
簇簇、叢叢……
總是在白之前，
或白之後，誕生、繁衍。

爾後是一些霞紅
一些檸檬黃，

或一些天藍，
糾纏不息。

或許黑是一切的開始，
也未可知。
在千個甚至萬個繽紛的
春天之前，
黑是——
曲曲來時路。

磨石

——題張默非山水集

管管

他把山，把一些山
拿來作墨或放於甕中釀酒
於硯池之中消磨，於酒甕中釀造
朝朝千千代代
山早已看厭了自己
那些參差不齊的嵯峨
那些自命不凡的偉岸
何不低眉看看人間的娥眉
把山變性，把水變性

把林變性，把雲變性
成為非陰非陽非陰非陽
一直迤邐下去

花中有樹中有水中有鳥中有雲中有霧中有
石中有山中有鷹中有風中有草中有竹中有
松中有蟻中有豹中有
火中有鬼

山是山非山非非山
山山是山山
山山山一眨眼不見了

喋喋的梯子

——為張默彩墨畫而作

碧果

焚書坑儒之後
那人
將臉譜塗滿所有的空間
轉身
且　旋入水聲之中
山飛
鳥也飛
當翅翼演出一床藍色
而溶出風雨爆裂的

位置
與
意義。乃

擦亮面前的一崖綠的閃光。乃
一種復存着解苔樹的
走向
景的
局限
（汝乃一具喋喋不休的梯子。而
統治圓的
乃一跳動着的　球。）

文德路巷子

——寄張默

張堃

一條條巷子
走了幾十年
他從不知道用算術
也能算出一個必然性

安徽鄉下的泥塵
南京的煙雨
左營的夕暮，以及
澎湖的潮汐

不等於
社區公園散步
郵局寄信，以及
再遠一點的咖啡館
閒坐一下午

不等於
一條走了幾十年的巷子

然而
這些加起來
和走過萬水千山的總合

乘上吟白了多少歲月的詩句
再除以
那人漸漸老去的身影

等於

一條巷子走了幾十年
最後走成了
詩人之巷的必然結果

月湧大江流

——致張默

落蒂

當你出生時
安徽無為
便有為了

當你命名張默
不只在詩壇
其實一切都不默了

當你在荒蕪的詩土地用力耕耘

所有不毛之地都發芽了
當你為華文詩界開窗
所有的光
便長河似的竄了進來

月湧
大江
流

當詩都躲起來，他卻大喊抓到了

——談張默手抄《台灣現代詩長卷》及其他

李進文

詩人張默將他手抄的「台灣現代詩長卷」，以及一幅我的詩題「油菜花寫信」贈我。閒聊中，又聽一回他中氣十足的鄉音，八十四歲的張默依然神采矍鑠。

軍人出身的張默，具有貫徹始終的精神，如果沒有張默，《創世紀》詩刊可能無法延續到今天滿一甲子（六十年），仍充滿活力到美好的詩質，他的「一生為詩，無怨無悔」是最重要的支柱。

認識張默是從我一九九八年加入「創世紀」詩社，那一年我在「爾雅」出版我的第一本詩集《一枚西班牙錢幣的自助旅行》，而七十幾歲的張默正在大規模「旅行」，貫徹用腳寫詩，走遍世界，遊歷中國各地城鄉，並寫出一本旅遊詩集。

晚年，他手抄台灣新詩，以他編詩選的經驗和精準度，選出歷年（一九五〇—二〇一三）詩人代表作，用毛筆錄下「台灣新詩長卷」十卷，每卷長約十公尺、高四十五公分；接著又寫每卷長三公尺、高四十五公分的新詩二百卷，交給《文訊》保存，計抄寫四代詩人一百八十六家、共六百三十餘首詩作，毅力和專注度令人佩服。近日舉行「創世紀詩人・張默水墨畫・詩畫聯展」，出版《生命意象霍霍湧動——八十四歲的張默・六十歲的創世紀》，他彷彿是一首節奏靈動的詩，愈到最後，其意象愈奇穎、愈勇於嘗試。

張默也貫徹他的「資料癖」，兩岸一些論文研究「創世紀」詩社、甚至要尋找詩壇的陳年資料，第一個想到的就是：「問張默！」，還有許多詩人發表過卻找不到的詩，往往想到也是張默。楚戈在《以詩・畫行走——楚戈現代詩全集》後記中回憶，個性疏懶隨興的他出版第一本詩集時，多虧張默平常的剪報才得以實現。

張默長年致力於台灣新詩史料的蒐集和整理，而且大方捐出藏書與藝術品，有一次聚會，他說：「送，是一種藝術。」送出去，才能做最有益的用途。

他總是每做一件事就做徹底。不喜歡麻煩別人，凡事親力親為。他是詩社的火車頭，嗓門大、講話（和個性）急、安徽無為縣的濃重鄉音（他有一本詩集就叫《無為詩帖》），一開始我實在聽不明白，但聽久了，九成也都懂了。我一直覺得他一定有特異能力，比方說，他劈里叭啦一直講一直講，這中間我會插入一些我覺得必須說的話，結果出現「他的話」和「我的話」重疊，起初我認為他一定沒聽進我說什麼，但下次見面時，他會提到我上次說的事，這讓我很驚訝：「有耶，張默老師完全有聽進去耶——哈哈。」我挺喜歡聽他講話，直接、痛快，有話直說，而且當面說，愛恨分明，度量大，記性好，行事重然諾、劍及履及。

張默七十幾歲時（八年前吧）我寫過一首詩，那時當作一封回函寄給張默。因為要寫張默，故事就長了，不如直接讀詩吧。（詩中提到「哈利路亞」是他詩裡喊過的，那時他還沒信教，最近才知道他不久前跟著家人信主耶穌了，他笑說，「反正全家都信了，就剩他，所以就受洗吧，大家快樂就好！」）

張默抓到了

一群小孩譁然奔進他的胸膛又跳
窗，窗外一群海鳥在左營上空
天空打個噴嚔，就
創世紀。

他的身體裝滿了腳以及七十幾個日出
影子將他拖得好長，他轉身把影子劃到湖邊

只有風解答出他的亂髮
有時他被減去的是零，被加上的是酒

他除以張默，恰好除盡

除盡之後，等於無——無塵無垢、無為

他講話太急，像一隊年輕的坦克
衝撞牆壁
殘骸四散那是記憶……
少年的他曾經學會用槍
老了以後面對家鄉這場仗怎麼打？
每當夢在對岸叫戰
一整個營區的字咬醒他

不像詩的，都跟他不熟
他彎腰抱起被遺棄的一堆詩
渾身燐光的一堆好詩壞詩高喊：哈利路亞

哈利路亞與他無關
返鄉日他照舊排隊，託運一件過重的人生
排在他前面是詩，後面是大兵
他一跨出就被時間吹散

一回來，學孫女玩抓迷藏
世界和他都爭著當鬼！當詩
都躲起來——他卻大喊抓到了

代後記

並非閒話

本書是我的第十八本詩集，也是今生刊行的最末一本詩集。我今年八十五歲，自認身體還很健朗，不敢斷言今後是否繼續寫詩，但產量絕對稀少，那是鐵定的事實。

本書計收自二〇〇〇年迄今的詩作約八十餘首，概分七輯如下：

輯一，無為的翅膀（收詩作十三首）

輯二，夢想的立方（收詩作十三首）

輯三，阿里山獨白（收詩作十四首）

輯四，群山不翼而飛（收詩作十首）

輯五，為月光打鼓（收詩作十八首）

輯六，時間水沫小札（收詩作二組）

輯七，詩．發芽變奏（收詩作六首）

另附錄老友的贈詩，依序為沈臨彬、洛夫、辛鬱、管管、碧果、張堃、落蒂等七家以及李進文的小評。

一生為詩，無怨無悔，詩是我永遠的情人。

自從一九五〇年寫詩迄今，已歷六十餘載，我一向不喜歡解釋個人的詩作，但自認每首詩的完成，無論形式、語言、意象、節奏、結構、情趣……絕對不敢懈怠，力求均有創新特異的表現。

我曾在〈詩的隨想〉一文中，強調「詩人所表現的祇是一個永恆的片斷」。並作以下警句式的設定：

詩是不協和者。

詩是矛盾語法的擴散。

詩是最高想像的構成。

詩是呼之欲出的真摯。

詩是絕對磚石的建築。
詩是難以攀登的峰頂。

或許，自寫詩以來，我所表現與專注的，祇是其中某些部分而已。在本集中，無論我寫故鄉山水人物，日常生活點滴，遊訪海內外名勝風景，品賞藝術家名作，甚至以詩證詩的拙見等等，均請愛詩人各自以個人觀點去解讀它。肯定或否定，那不是作者能夠預料的。

末了，特別感謝蕭蕭撰寫如此清晰真摯風趣的序言，印刻文學總編初安民的慨允出版，及編輯鄭嫦娥的精編細校。

啊！時間無痕，就讓這本小書，到歷史的大海中去撈月吧，阿門。

二〇一五年二月十二日於內湖

作者簡介

張默

本名張德中，安徽無為人，一九三一年生，童年在故鄉讀私塾、簡師、南京成美中學。一九四九年，由南京輾轉來台，旋即參加海軍，服役二十二年，以少校軍階退役。

一九五四年秋在左營，與洛夫、瘂弦共同創辦《創世紀》詩刊，二〇一四年十月，並在台北舉辦六十年慶大會，當場由三位創辦人宣布，把這個老詩刊交棒給汪啟疆，辛牧等人繼續經營。

著有詩集《無調之歌》、《落葉滿階》、《張默世紀詩選》、《獨釣空濛》、《張默小詩帖》等十七種。編有《六十年代詩選》、《小詩選讀》、《新詩三百首》、《台灣現代詩手抄本》等二十餘種。

曾獲新聞局優良著作金鼎獎、國軍新文藝長詩金像獎、中山文藝獎新詩獎、第三屆五四獎文學編輯獎、中國文協榮譽文藝獎章、二〇〇八年度詩獎。詩作曾被譯成八、九種外國文字，對台灣現代詩的耕耘，有目共睹。近年更全心全意從事「水墨無為」抽象畫的創作。

文學叢書 445

水汪汪的晚霞

作　者	張　默
總編輯	初安民
責任編輯	鄭嫦娥
美術編輯	陳淑美
校　對	張　默　鄭嫦娥
發行人	張書銘
出　版	INK 印刻文學生活雜誌出版有限公司 新北市中和區建一路249號8樓 電話：02-22281626 傳真：02-22281598 e-mail:ink.book@msa.hinet.net
網　址	舒讀網 http://www.sudu.cc
法律顧問	巨鼎博達法律事務所 施竣中律師
總代理	成陽出版股份有限公司 電話：03-3589000（代表號） 傳真：03-3556521
郵政劃撥	19000691 成陽出版股份有限公司
印　刷	海王印刷事業股份有限公司
港澳總經銷	泛華發行代理有限公司
地　址	香港新界將軍澳工業邨駿昌街7號2樓
電　話	852-2798-2220
傳　真	852-2796-5471
網　址	www.gccd.com.hk
出版日期	2015 年 6 月 初版
ISBN	978-986-387-041-8
定　價	280元

國家圖書館出版品預行編目(CIP)資料

水汪汪的晚霞／張默作. --初版. --新北市：
INK印刻文學, 2015. 06
232面；14.8×21公分. --（文學叢書；445）
ISBN 978-986-387-041-8（精裝）

851.486　　104008861